JN026416

ことばが好き
子たち 孫たち
もっと好き

池添 康正

三省堂書店／創英社

ことばが好き　子たち　孫たち　もっと好き

目次

一　はじめに

キリスト教と聖書

自然科学の進歩にともなひキリスト信仰が根拠のない迷信の類《たぐひ》とみなされることがある。キリスト信仰は社会の進歩に寄与せず、有害無益で不要と考へる人もゐる。ほんたうにさうであらうか。ヤスはさうは考へない。人はパンだけで生きる者ではない。人が生きるのは神の口からでる一つ一つの言葉による。人はいろいろ、定年まで会社に勤め、その後は社会貢献と趣味で過ごすサラリーマンがゐる。農作業に一生を過ごし、満ち足りるお百姓さんがゐる。スポーツに、絵画に、小説に、音楽に、自然科学の研究に生涯をささげる人もゐる。またそのほとんどをベッドの上で過ごす難病患者もゐる。人それぞれの生涯である。しかし、すべての人に変はらないことがある。それらの人々はみな一様に死んでしまふ。そして時の流れとともに身近な者も居なくなり、すべてが消滅する。

もし生けるまことの神、万物の創造者が居たら、話が変はる。神はすべての物を、すべての人を創造した。その神はご自分が創造したすべての物に目を注ぎ、すべての人をかけがへのない尊いものとして愛する。イエス・キリストはその神、万物の創造者がつねに生きて働いてゐる、僕たちすべての人を愛してゐると語り告げた。イエス・キリストの福音である。二十一世紀の今もイエスを信じ、生ける神を信じる信仰は人が人として生を全うするのに必要不可欠のものである。この信仰は神の言葉、すなはち聖書を根拠にする。

キリスト教は聖書を聖典として、その言葉を大切にする。しかし言葉そのものが時代と共に変化する。日本にはいろんな団体や個人によって翻訳された聖書がある。明治の元訳（一八八七年）、大正の文語訳（一九一七年）、さらに昭和の口語訳（一九五五年）と新共同訳（一九八七年）、平成の新改訳（3版、二〇〇四年）、フランシスコ会訳（二〇一三年）、聖書協会共同訳（二〇一八年）などがある。その他個人訳とか部分訳（新約だけ、詩篇だけ……）など挙げればきりがない。しかし、確かなことがある。その変化する日本語に訳された聖書を通して、万物の創造者父神が今もその姿をあらはす。

エデンの園の二本の木、知恵の木といのちの木

最初の人アダムとエバが犯した罪、それを「原罪」と言ふ。この言葉を聞いたことがあると思ふ。原罪とは人が神の戒めに背いたこと、善悪を知る木の実は食べてはい

けないといふ戒めに背き、その木の実を食べたことである。創世記にそのことが記されてゐる。

神である主が造られたあらゆる野の獣の中でもっとも賢いのは蛇であった。蛇は女に言った。「神はほんとうに園のどの木からも取って食べてはいけないと言ったのか」女は蛇に言った「私たちは園の木の実を食べることはできます。たゞ園の中央にある木の実は取って食べてはいけない、触れてもいけない、死んではいけないからと、神は言われたのです」蛇は女に言った「いや、けっして死ぬことはない。それを食べると目が開け、神のやうに善悪を知る者となることを神は知っているのです」女が見ると、その木は食べるに良く、目には美しく、また賢くなるといふその木は好ましく思われた。彼女は実をとって食べ、いっしょにいた夫にも与えた。そこで彼も食べた。すると二人の目が開け、自分たちが裸であることを知った。ふたりはいちじくの葉をつづり合わせ、腰にまくものを作っ

（聖書協会共同訳 創世記3章1〜7節）

た。

人の成長はことの善悪を知ることにある。善悪をわきまえた時、人は成人となる。昔も今も親はことの善悪を教へて子を世に送り出し、世は善悪をわきまへた人を成人として迎へいれる。善悪を知る木の実を食べたその時からアダムとエバは人として成長しはじめたと言へる。その時から人類の進歩発展の歴史がはじまる。新しく得た知恵を働かせ、人類の歴史が始まった。喜び、平安、幸福だけではない。生老病死の四苦も戦争・争ひ、敵意・憎悪など苦しみ悲しみもやってきた。善悪を区別し、異同を識別する。観察し、道理立てて考へ、天地万物の法則を知る。また記憶、記録する。これらはあのアダムとエバが罪を犯したときから始まった！　人と神の不思議な関係である。人類の進歩、社会の発展の出発点はアダムとエバが神に背いたあの原罪にある。

いのちの木とイエス・キリスト

さて、そのエデンの園の中央には善悪を知る木のほかにもう一本大切な木があった。いのちの木である。その実を食べると、人も神と同じやうに限りなく生きるやうになる。

神である主は言はれた、「人は我々のひとりのやうに善悪を知る者となった。さあ彼が手を伸ばし、またいのちの木から取って食べ、永遠に生きることのないやうにしよう」神である主はエデンの園から彼を追ひ出された。

（創世記3章22、23節）

アダムとエバがそのいのちの木の実をとって食べないやうにと、神はふたりをエデンの園から追放した。人類苦難の歴史がはじまる。

汝その妻の言葉を聞きて、我が汝に命じて食らふべからずと言ひたる木の実を食らひしによりて土は汝のために呪はる。汝は一生のあひだ苦しんで食べ物をえん。

（文語訳　創世記３章17節）

このいのちの木がイエス・キリストに関係してゐる。かつてイエスは自分を信じようとしない人々に言はれた。

「君たちは聖書の中に永遠のいのちがあると考へて聖書を調べてゐるが、聖書は私について証しをするものだ」

（ヨハネ福音書５章39節）

聖書はいろんな仕方でイエスを証しするが、この「いのちの木」もイエスを証しする。「取ってその実を食べると、永遠に生きる」といふいのちの木はイエス・キリストを証しする。

ある時イエスはユダヤ人たちに言はれた。

「私は天からくだってきた生けるパンである。

このパンを食べるならば、その人は永遠に生きる。……」

(ヨハネ福音書6章51節)

イエスには特別に親しい三人の姉弟(マルタ、マリア、ラザロ)がゐた。その一人ラザロが病気で亡くなった。その時イエスは姉マルタにあからさまに言った。

「私は復活であり、いのちである。

私を信じる者はけっして死なない。死んでも生きる。

あなたはこれを信じるか。」

(ヨハネ福音書11章25節)

「私を信じる者はけっして死なない。死んでも生きる」、……これはありえないことである。しかし、そのありえないことが起きる。イエスを信じる時、その人はそれ以前に経験したことのない、新しい世界を体験する。万物の創造者である父神を知る。そのこゝろ、その愛を知る。言ひかへると永遠のいのちを知り、また持つ。このことを言ひあらはす言葉はいろいろある。イエス・キリストを信じる、悔改め、入信、回心、あるいは新生（新しい誕生）とも言ふ。悔改めの時にすべてがわかるのではない。その後の生活（信徒仲間との交はり、聖書の学び、祈り、日常生活など）があり、体験を通して学ぶ。悔改めは本人にとっても説明するのがむづかしい、不思議な人生の転機である。詩人はその時を和歌で表現した。

あるものゝ　こゝろのうちに　入《い》りしより
かゞやきわたる　天地《あめつち》のいろ

室賀文武（一八六九〜一九四九年）

イエスの言葉

私の父は今もなほ働いてをられる。
私も働く。

（ヨハネ福音書5章17節）

自分を信ぜず、迫害するユダヤ人にむかって言はれたイエスの言葉である。父神の今現在の働きを明言された。この言葉は聖書を大事にするユダヤ人には受け入れられない言葉であった。なぜなら、旧約聖書モーセの十戒にきびしい命令がある。

安息日を心に留め、これを聖別せよ。
六日の間働いて、何であれあなたの仕事をし、
七日目は、あなたの神、主の安息日であるから、

いかなる仕事もしてはならない。

（新共同訳 出エジプト記20章8～10節）

ユダヤ人はこの言葉「七日目はあなたの神、主の安息日であるから、いかなる仕事もしてはならない」によって、安息日に「人は何も仕事をしない」を厳守した。しかし、イエスがこゝで「私も働く」と言はれたのは安息日であった。聖書の言葉を神の言葉として大事にするイエスであるが、時にはこのやうに聖書の言葉に反することを言ひ、また行動した。ユダヤ人や律法学者と違ふ。安息日に「私も働く」と言って、働いた。さらに、こゝでのイエスの言葉はユダヤ人にとって聞き捨てにできない、神を冒涜する言葉でもあった。それはイエスが安息日を破ったばかりでなく、神を「私の父」と呼んで、自分を神と等しい者とされたからである。この時からイエスに対するユダヤ人の迫害が本格化する。

前掲のイエスの言葉は現代の我われの考へとも違ふ。人はふつう「天地の運行は自然法則にしたがひ、世の中は人間の自由意思によって決まる」と考へる。イエスは違ふ。

「わたしの父は今も働いてをられる」

（ヨハネ福音書5章17節）

地球は太陽のまはりをニュートンの万有引力の法則に従って周回する、地震は地殻の変動による、子供の誕生は男女の交合による、……。すべてが自然の法則に従ひ、神の働くところはない。これが今の人の考へである。イエスは違ふ。天地の運行も日常茶飯事も父神の働きによる。なぜなら天地も世の中のすべて（宇宙・時間・空間・光・山・平野・川・岩・植物・動物・男・女・天使・サタン……）も父神が造った。今もそのために父神が働く。どこでも常に父神は働く。父神が働くから自然の法則が成立する。子供が誕生する、社会が成り立つ。複雑怪奇なこの世の政治・経済の動きにも父神の働きがある。

さらにイエスは続ける。

「私も働く」

（ヨハネ福音書5章17節）

神が働くから、人は何もしなくてよいではない。神が働くからイエスも神と共に働くのである。

よくよく言っておくが、子は父のなさることを見なければ自分からは何もすることができない。父がなさることは何でも子もそのとほりにする。

（ヨハネ福音書5章19節）

イエスが父と共に働いてはじめて父のみこゝろが全うされる。福音書に記されてゐる多くの奇跡はイエスが父と共に働いて成就した父神の業である。

奇跡だけではない。十字架の受難もイエスが父のみこゝろに従ふことで成就した。裏切者ユダやユダヤ人群衆に捕縛される時、それを剣で阻止せんとするペテロにイエスは言はれた。

「剣を鞘に納めよ。……かうならねばならないと書いてある聖書の言葉はいかで成就すべき」

（マタイ26章52、54節）

こゝで「かうならねばならないと書いてある聖書の言葉」とはその前にイエスが言はれた予言者ゼカリヤの予言である。

「私（万軍の主）は羊飼ひを打つ。そして羊の群れは散らされる」

（ゼカリヤ書13章7節、マタイ26章31節）

使徒パウロはイエスの受難十字架をコリントの信徒に語った。

「神は私たちの罪のために罪を知らない方を罪とした。」

（口語訳　第二コリント5章21節）

受難の直前、イエスは弟子たちに言はれた。

「私は父がお命じになった通りを行ふ。
私が父を愛してゐることを世が知るためである。
立て、さあこゝから出かけよう」

（ヨハネ福音書14章31節）

イエスだけが聞くことのできる神の声、イエスだけに見える神のわざがある。イエスはその父神に従った。イエスに従ふ者たち、キリスト信徒はこの「神が働く。私も働く」の精神をイエスから受けつぐ。どのような時にも父神が働き、イエスが働く。そして自分自身も働く。これがキリスト信徒である。

二　ヤスと小枝子の生立ち

ヤスの生立ち（一九三九年〜）

ヤスの幼時、敗戦前後の満州四平街

ヤスの最初の記憶は、軒先に吊るした干し柿である。それにむかって這ひはひして近づいた。近くに兄一徳がゐた。おそらく母の実家、高知県野市町二又である。ある程度はっきりした記憶は満州からとなる。戦前満州は日本の支配下にあり、関東軍が治安を保ってゐた。満州の冬は寒かった。庭に水を撒き子供のスケート場としたが、ヤスはまだ滑れず、ペチカで暖房した屋内にゐた。

一九四五年八月十五日日本国は連合国に無条件降伏を宣言し、九月二日ミズーリ艦上で降伏文書に調印した。それまで日本の支配圏にあった満州国は中国国民党（蒋介石）、中国共産党（毛沢東・八路軍）、ソ連（スターリン）の三軍が支配圏拡大を目指して混乱状態に突入した。満州奥地に入った日本の満蒙移民開拓団には周囲の農民の反感があり、敗戦後ひどい暴行・略奪を受けた。北方から攻め入ったソ連囚人兵は略奪・暴行・強姦と狼藉の限りをつくした（註）。

敗戦時関東軍将校であった父光徳（三十五才）はソ連軍の捕虜となり、シベリヤに連行、抑留された。ヤスたちのゐた四平街ははじめ蒋介石軍が支配し、続いてソ連軍が入ってきた。その間街中では戦闘・混乱があった筈だが、さいはひなことに住んでゐた日本人官舎の治安は保たれた。

敗戦後に近所の中国人（満人）の子供たちと相撲をとって遊んだことがある。いつもは弱かったのに急に強くなり、投げ飛ばされた。三才年上の兄も負けた。ある時中国人（蒋介石軍あるいは毛沢東の八路軍か？）の兵士が屋内の点検にきた。お釜のご飯が高粱米《こうりゃんまい》であるのを確かめ、納得して出ていった。それまでは白米を食べてゐたが、敗戦後はすぐに高粱米になってゐた。

註：敗戦直後の満州での日本人の悲惨と生命力については「ボクの満州 漫画家たちの敗戦体験」（亜紀書房 一九九五年）が絵入りでわかりやすい。

引揚げ

母慎子（三十才）は敗戦後の満州で四人の子供（一徳九才、康正六才、光子五才、泰子一才）を守った。敗戦時海外居住の日本人は軍人・民間人合はせて六六〇万人以上であった。そのうち一九四六年末までに五百万人が海外各地から日本本土に引揚げた。食糧難の日本に、着《き》の身着《き》のまゝの五百万人が引揚げてきた！ その五百万人の中の五人が母慎子に連れられたヤスたちである。

敗戦の翌年五月ごろから帰国がはじまる。四平街から旧満鉄の貨物列車で満州南端の葫蘆島《ころとう》まで行く。コロ島は当時中国国民党と中国共産党が支配してをり、そこが満州に住んでゐた日本人を送還する一拠点となった。四平街から葫蘆島まで約四百㎞、おそらく途中停車をいれて、数日かゝった。その間の記憶がまるでない。そこから敗戦国民用の貨物船で舞鶴目指して帰国する。貨物船の船底に多数（女、子供が多い）が押し込められた。渤海《ぼっかい》海峡や黄海《こうかい》で浪が荒れ、船は大揺れに揺れた。一週間近くの船旅は体力のない子供には過酷だった。船中で子供が亡くなると、甲板から南京袋に入れられて海に葬られた。舞鶴に着き、下船すると一人当たり一畳、家族五人で五畳の休息スペースが与へられた。子供ごゝろに「あぁ広々として気持よい！」とほっとした。

大人も子供も帰り着くまで難行苦行である。体力のない子供たちは衰弱する。母の実家に帰りついた最初の夜ヤスは夜尿で布団を濡らした。虚弱児童で立って歩くのがやっと、走る元気はまるでなかった。坂道を元気に駆け上がる小さな子供を見て、驚いた。赤ん坊の次女泰子はよく無事に帰りついた。

「天才バカボン」で有名な漫画家赤塚不二夫さん（一九三五〜二〇〇八年）は六人家族の長男で、敗戦時満州奉天（現在の瀋陽市）にゐた。父親は関東軍憲兵でソ連に抑留、母親と四人の子供が残された。長女が帰国途中に伝染病でなくなり、残り三人の子供を母親が郷里に連れ帰った。帰り着くと、すぐにその妹が死んでしまった。

「妹は連れて帰って寝かせて三〇分後にフゥーって死んじゃった。僕はその時小学校五年生だったけど『あ、かあちゃん孝行したな』って、そう思ったよ。おふくろ一人でどうやって四人を面倒みるのだよ……」

（赤塚不二夫「ボクの満州」38ページ、亜紀書房）

敗戦後の混乱時満州からの引揚げ者がどれほど過酷な目に遭ったかがわかる。母慎子は四人の子供をみな無事に野市まで連れ帰った。さらにその後、シベリヤから帰還した父と力を合はせて子供たち四人を育てあげた。

ヤス大学三年の時

ヤスの転機は大学三年の夏。一九六一年八月下旬で授業はまだない。週末の学生寮（東京大学検見川寮 千葉）でひとり寝転がって聖書を読んでゐた。

求めよ、さらば与へられん。尋ねよ、さらば見出さん。
門を叩け、さらば開かれん。
すべて求むる者は得、尋ぬる者は見出し、門を叩く者は開かるゝなり。
汝らのうち誰かその子パンを求めんに石を与へ、魚を求めんに蛇を与へんや。
さらば汝ら悪しき者ながら善き物をその子らに賜ふるを知る。
まして天にいます汝らの父は求むる者に善き物を賜はざらんや。

（文語訳 マタイ福音書7章7〜11節）

不思議なことが起こった。「汝ら悪しき者ながら善き物をその子らに賜ふるを知る。ましてて天にいます汝らの父は求むる者に善き物を賜はざらんや」、この箇所に来た時このイエスの言葉がそのまゝ事実としてわが身に起こった。父神のみ前に出て直接その善き物を受けた。「こんなことがあるのか！」と、一人で驚き喜んだ。二、三週間は雲の上にゐた。その後本郷に通ひ授業を受け、化学実験をしながらであるが、聖書をむさぼり読んだ。読み続けるとこのやうなことが折りをりあるものと思った。しかしさうではなかった。その時から六十年余りたつが、このやうなことはその後一度もない。

これでそのまゝクリスチャンになったかといふと、さうでもない。み言葉のさいはひ、喜び、いのちは知ったが、キリスト教の基本（キリストの十字架と復活、再臨）や教会、信徒の交はりには無縁の未開人であった。その後あちらこちらの教会（カトリック、バプテスト、無教会、日本基督教団、……）を訪ね、交はりを求めた。

父　池添光徳（一九一〇〜一九八九年）

父光徳が尋常小学校に入学する時祖母フジ（ヤスの曾祖母）に言はれた。

「先生の言ふことは神さまの言ふこと。よく聞きなさい！」

この言葉を光徳はそのまゝ守った。その昔教室が騒がしいと、先生は号令をかける。

「瞑想《めいそう》！」

目と口を閉ぢて静かにといふ号令。しかし、どの子も必ず途中で目を開けあたりを見、それからまた目を閉ぢる。光徳だけは「瞑想終はり！」の号令まで決して目を開かなかった。目を閉ぢしづかにしてゐた。先生が不思議に思ふほどだった。

光徳は貧農の三男で、学費の要らない陸軍幼年学校、続いて士官学校に入った。

いったん有事の時にはそのいのちを国のために捧げるための教育を受ける。当時のエリート養成コースである。十歳ほど年上の兄躋《ススム》（ヤスの伯父）に連れられて、受験のため幼年学校のあった広島に行った。その時帰りの乗車券を紛失し、付き添ひの兄を困らせた。しかし、その後しばらくして合格通知が届いた。

士官学校卒業後しばらくして隣町の安岡善晴（ヤスの祖父）が「長女慎子を娶《めと》ってくれないか」と、富家村の池添家を訪ねた。昔は本人以上に親が娘によい結婚相手を求めた。光徳と慎子は結婚した。

光徳とキリスト教

父光徳は士官学校でクリスチャンの友人に聖書を見せてもらった。

イエス道行く時生まれながらの盲人を見給ひたれば、弟子たち問ひて言ふ「ラビ、この人の盲人に生まれしは誰の罪ぞ。己のか、親のか」イエス答へ給ふ「この人の罪にも親の罪にもあらず。たゞ彼の上に神の業の顕《あら》はれんためなり。

……」

（文語訳　ヨハネ福音書9章1〜3節）

父は「この人の罪にも、親の罪にもあらず」といふ言葉に驚いた。晩年になってもこのヨハネ福音書九章をはっきりと覚えてゐた。後年ヤスがキリストを信じた時に言った。

「康正、キリスト教で一番大事なことは何ぢゃ？」

「ほんたうの神さまが居ることぢゃ」

「そんなことは南洋の土人でも知っちゅうぞ」

父は仏教徒であったが、キリスト教に反感はなかった。

陸大受験と不合格

日支事変や太平洋戦争の時父は満州の関東軍に所属し、推薦されて陸軍大学校を受けた。一回目は学科試験で不合格。二回目は軍務の傍《かたは》ら必死に勉強し、学科試験に合格した。関東軍で十名以上が受験して、学科試験合格は二名であった。学科試験は満州長春でだが、口頭面接は東京となる。勇んで上京した。面接で試験官のひとりが詰問した。

「貴官は礼服をもってないのか」

軍人の礼服は白黒のフロックコートではなく、カーキ色の軍服と考えていた父はこの詰問に腹を立てた。その後の質問すべてに「知りません」、「わかりません」と返答した。最後に主任試験官の閑院宮春仁《かんいんのみやはるひと》少将が言った。

「何でもいゝから、知っていることを述べよ」

「自分は何も知りません」

結果は不合格となった。

仏軍との戦ひ、自殺未遂

太平洋戦争の末期、父は南方戦線（ヴェトナム）や北方戦線（満州北部）へと命令に従って移動した。陸軍少佐の光徳は数百人規模の大隊を指揮する。ヴェトナムではフランス軍と戦った。砲弾があと三発になった時敵司令部に砲弾が命中した。士官学校でフランス語を学んだ父は捕虜としたフランス兵とフランス語で話せた。戦後、身内の酒席で酔ってラ・マルセイエーズを口ずさんだことがある。

敗戦の前年（一九四四年初夏）満州四平街の官舎、朝食前カーテンを閉めたうす暗い部屋の座卓に父が異様な姿勢でうつ伏《ぶ》した。ヤスは台所の母に急を知らせた（ヤス五才）。敗戦まぢか自殺を図った（理由は不明）。頸動脈を切った。母の応急手当で一命をとりとめ、即座に現地の陸軍病院に入院した。どのやうな事務処理がなされたかわからないが、退院後軍務に復帰した。その直後に敗戦となった。戦後父も母もこのことを口にしなかった。ヤスも頸部にもりあがった傷痕を何度も見たが、何も聞かなかった。

シベリア抑留

敗戦後父光徳はシベリアに捕虜として連行され、森林開発の労役に服した。大木《たいぼく》を担《かつ》いで荒地をよろけず歩く父を監視のロシア兵は「ハラショー！」とほめた。子供の頃肥《こえ》たご担いで下肥《しもごえ》を田畑に運んだ父には楽な作業だった。しかし連日の長時間労働に疲労困憊した光徳は、ある日不思議な幻覚におそはれた。

「牛車に乗ったお釈迦さまが空中にのぼって行った。

こりゃ大変だ。頭が変になった！

それで近くの水たまりに行って、自分の顔を映し見た。

さうしたら目に白い物がかゝってゐた。……」。

自分なりに納得した。

戦後の生活

シベリヤから帰還しても公職追放され就職できなかった（註1）。耕す田畑もない。母と二人で近隣のお百姓さんから農産物を仕入れて、高知市の旅館や商店に持ち込む商売を始めた。商品は主にお米と鶏卵である。父が農家から買ひ取り、自転車に載せて家まで運ぶ。母が野市駅から電車で市内の得意先にまで担いで運ぶ。お百姓さんにも市内のお得意さんにも信用され、商売は順調だった。たゞ食糧難の当時、米の自由販売は闇米《やみごめ》として禁じられていた。年に一、二回食管法違反で検挙された。お米を没収され、一晩か二晩留置され、嫌がらせの尋問を受ける。起訴されることはなく、自宅謹慎となる（註2）。それでも生活のために商売を続けた。家族六人が土壁のあばら家で寝起きし、さらに子供たちの学資をえた。

子育てに目途がたって商売をやめた。四反の田圃を購入し、稲作をはじめた。高知の夏は酷暑で農作業はきつい。何年か百姓をして、父は言った。

「これでやっとご先祖さまに顔を合はせることができる」

註1：国のために身命を賭して戦った軍人を公職から追放、排除したのは、占領軍司令部の命令による。対日平和条約が発効した一九五二年には公職追放令は解除された。

註2：食糧管理法（食管法）は食糧不足の戦中に米の生産、流通、消費を国が管理した。農家は米を農協に供出して、それを配給米として消費者に供給する。戦後しばらくたつと、美味しいお米を消費者（料亭や旅館、個人）が求め、配給米より高い値段で農家から直接購入した。これが食管法違反の闇米。食糧管理法は一九九五年に廃止された。

父と母

夕食後父の寝床は必ず母が敷いた。腰が曲がって、押し入れから布団を取り出すのがつらくなった母が言った。

「寝床は自分で敷いて！」

「俺は自分で敷いてもいゝ。

しかし、それをしたら俺が俺でなくなる。

さうすると、お前らが困るらうが！」

母が答へた。

「あんたがあんたでなくなっても、私らは何ちゃー困らん！」

これは母の勝ちだ、そう思った。しばらくして気がつくと、母が黙って寝床を敷いてゐた。

亡くなる半月前ヤスが帰省し、母と妹泰子の三人で入院中の父を見舞った。

「おぢいちゃん、おまんの生涯で一番良かったことは何ぜよ？」

打てば響くの返事で、

「結婚ぢゃ。おばあちゃんといっしょになったことぢゃ」

入れ歯を外してゐた父の言ふことを聞き損ねてヤスが、

「えっ、なに言ふた?」

離れた窓際で聞いてゐた母が補足した。

「結婚ぢゃと、私と結婚したことぢゃと」

母 慎子（一九一五〜二〇一〇年）

母は満州から四人の子供を無事に連れ帰り、その本領を発揮した。前述のとほりである。野市の実家からすぐに富家村の池添家に移った。近所の農作業を手伝ひ、日章飛行場（当時占領軍管理下 今の竜馬空港）の掃除婦として働いた。父が帰国すると二人で商売を始めた。お米と鶏卵の仲介業である。戦前は陸軍将校夫人だが、戦後闇米の担手《かつぎや》になった。それでも卑屈にならない。子供たちの運動会では椅子取りゲームやリンゴの皮むき競走に出て、子供たちと共に興じた。子供の教育に熱心であった。娘二人も大学まで進学させ、経済的に自立させた。若い時兄（安岡善則、ヤスの伯父）が大学まで進学したのに、自分は中学までで、上に進学できなかった。

晩年

父は弘法大師空海が好きな仏教徒だったが、母は宗教に無縁だった。しかし、晩年になって父と二人で四国八十八ヶ所巡りを始めた。バスに乗って、何度か四国一周をした。最後は和歌山高野山金剛峰寺にお詣《まい》りをし、般若心経を諳《そら》んずるまでになった。

ヤスが家を新築した時、母は父とふたりで東海村に来て四泊した。ヤスが案内して一日東京に出た。靖国神社にお参りをし、戦死した戦友を弔《とむら》った。銀座の三越で孫たちの土産に万年筆や人形を買った。その他七十才の時父といっしょに、さらに八十才の時に娘たちといっしょにカナダ（ナイアガラの滝）へ二度観光旅行に行った。

別れ

二〇一〇年二月母が危篤になり、ヤスが東海村から駆けつけ、付き添った。二晩目には眠る前に血圧や脈拍が不安定になりはじめた。口は動かせたが、声は出なかった。それでもヤスの顔を見ながら口をはっきり動かして言った。

「ありがたう、おほきに、おほきに、ありがたう」

そのまゝスヤスヤと眠りに入った。ヤスも眠った。翌朝お医者さんの回診があり、ヤスは室外に出て待機。看護婦さんが呼びに来て病室に入るとお医者さんがすぐに「ご臨終です」と宣告した。享年九十五才。

母を送る歌と句

ありがたう　おほきにおほきに　ありがたう
　別れを言ひて　眠りたまひぬ

母逝きて　梅の香りを　残しけり

小枝子の生立ち（一九四四年〜）

最初の記憶

袴田小枝子最初の記憶は屋外便所（註）である。三才の時座敷で障子にハタキをかけてゐた母親に玄関の土間から叫んだ。

「オシッコ！」

「ちょっと待って」

「待てない！」

玄関から便所に走った。下に落ちた。おぼれる小枝子を助けたのは祖父喜市。肥溜めに飛び込んで助けた。生死をさまよった末、父睦雄と同じ肺結核に罹《かか》った。

注：当時の屋外便所は肥溜めに二枚の板を差し渡したもので、板の間隔が子供には広すぎた。

小学校

小学一年、二年は自宅療養。姉知子もいっしょに、二人で布団の上で塗り絵や折り紙をして、ふすまにベタベタ貼った。それなりに楽しかった。二年の時は全休だったので、父が言った。

「二年をもう一度と、学校から言はれた」
「いやだー！」
泣いてわめいた。三女みさをが一才下、四女節子が二才下、下がつかへているから
ぜったい嫌。気がついたら三年生。父睦雄が学校と交渉した。
せっかく学校に行っても二時間目までで、早引け。当時結核は不治の病で世の人か
ら嫌はれた。罵声を浴びながらの帰宅だった。四年生は午前中、五年六年生になって
やっと終はりまで学校に居た。しかし、体育と掃除は見学。

中学校と高等学校

中学校になって一人前の学校生活を送った。しかも三年間休まず通った。音楽の時
間先生のグランドピアノ、その音色に魅了される。放課後そのピアノを独占して弾い
た。当時はピアノの管理がゆるく、ひとりの生徒が長時間自由に弾くのを許可した。

三年間ひとり音楽室でピアノを楽しむ。毎日ワクワクしながら鍵盤の蓋を開けた。二年と三年の学芸会にはピアノ独奏として弾かせてもらふ。勉強も楽しくて頑張り、成績もよくなった。

市立浜松女子高に入学した。高校では合唱クラブに入り、声楽の楽しさを知る。

「音大に入りたい」

父に話したら、意外にも受け入れてくれた。ねぢり鉢巻きで勉強、ピアノのレッスンも月謝を払って本格的に始めた。二カ月過ぎて気がついた。病気がちで働いている父を思ふと、自分が音大に行くのは無理、逆立ちしても無理。二カ月で音大進学をあきらめた。はじめ上位だった学科の成績が卒業前には下がないほどにどんどん下がった。それでもこの二カ月は宝のやうな思ひ出となった。

高校を卒業し就職しても、こゝろは荒れてゐた。父睦雄が心配し、東京田無の小川久兵衛さんの所にあづけた。当時久兵衛さんは三女ロイスさんと二人で住んでゐた。

久兵衛さんの紹介で吉祥寺の会計事務所に勤めた。

田無の集会所にヤスも来てゐたが、関心がなかった。ヤスは最初から関心があり、小枝子の讃美歌、歌声を楽しんだ。三年間躊躇、熟慮したヤスのプロポーズを一九六六年春に受け、同年十一月に結婚。半分いやいやながら東海村に移住した。

父　袴田睦雄（一九一四〜一九六五年）

父睦雄は一九一四年、袴田喜市、きくゑの長男として静岡県浜名郡長上村市野に生まれた。十五才で農学校に入学したが、中耳炎のため二年で中途退学する。長上村で農業をしながら、青年団団長や修養団幹部として地域をさゝへた。二十五才で鈴木キヨコ（二十才）と結婚したが、直後に肺結核のため浜松日赤へ一年余り入院する。結核は伝染病で当時よい薬がなく、周囲から嫌はれた。終戦後小川久兵衛さんに導かれキリスト信仰を持つ。近在の兄姉方とさいはひな信徒の交はりをもった。ほゞ十年長上村農協に勤めた（一九五三〜一九六三年）。一九六五年五月に腎臓病で五十才でなくなったが、その葬儀は村ではじめてのキリスト教による葬儀となった。遺言によって久兵衛さんが司式した。

四十九才の時の和歌二首。

いついかに　なりゆく身かも　我しらず
　天の父のみ　知りて居給はん
地の上に　何をか残さん　草の露
　尽きせぬ宝　天にぞ積まむ

（信仰同人誌 祈の友 １０７号）

ヤスと小枝子の結婚式披露宴で義兄潤が亡くなった父睦雄について一言話した。

「……父睦雄の残した聖書の片隅に、『神の愛は公平である』と記されていた。……」

父の残した言葉、この短い「神の愛は公平である」がヤスと父睦雄を結びつけた。

母　キヨコ（一九二〇～二〇一七年）

母キヨコは二十才の時睦雄と結ばれて四人娘の母となる。四十四才の時夫に先立たれた。その後祖父喜市や多数の叔父叔母に助けられて、四人の娘たちを育てあげた。夫睦雄の葬儀の時、久兵衛さんにキリスト教入信を勧められた。

「私、なにもわかりません」

とまどふ母に久兵衛さんは言った。

「何もわからなくてよい。

乳飲み子がその母を慕ふやうに、

純真にイエスさまを信じればよいのです」

このことがあって、母はその年八月東京の御岳集会でバプテスマを受けた。入婿の潤と長女知子と同時、それにヤスもいっしょだった。

よい地にまかれた種

母キヨコは何度も東海村まで小枝子出産の手伝ひに来た。広い東京駅で乗り換へ、さらに上野駅と水戸駅で乗り換へ、特急の停車しない東海駅で下車する。浜松から外に出ない母には必死の大冒険旅行。手違ひでヤスが東海駅に迎へに出てないことがあった。「池添の家はどこ?」と途方にくれた。たまたまヤスの友人が別の来客を駅まで迎へに出てゐて、「池添の家はどこ?」の声を聞き、母を我が家まで送ってくれた。

近くで聖書輪読会があり、自転車の後ろに母を乗せて出席した。小枝子は出産間近で留守番。その時読まれたのが「よい地にまかれた種(マタイ13章)」の所。その帰り、暗い夜道で自転車のうしろからはっきりと言った。

「康正さん、よい地にまかれた種の話、さうだねえ。ほんとにさうだと思ったよ」

ヤスは驚いて声も出なかった。自分の思ひや考へを口にすること、まして聖書の言葉にこのやうに自分の考へを言ひあらはすことなど思ひがけないことであった。この時からヤスは母の信仰を遠くからながめ続けた。

種はよい地に落ち実をむすび、あるものは百倍、あるものは六十倍、あるものは三十倍にもなった。

耳のある者は聞くがよい。

（マタイ13章8節）

この言葉！　このすぐ後に「石地や茨のはびこる地にまかれたとは、言葉を聞いても悟らない人」、さらに「よい地にまかれたとは言葉を聞いて悟る人のことで、ある者は百倍、ある者は六十倍、ある者は三十倍の実をむすぶのである」と続く。

柔和な人

こころの貧しい人たちはさいはひである。
天国は彼らのものである。……
柔和な人たちはさいはひである。
彼らは地を受けつぐであらう。

（マタイ5章3〜5節）

母の人柄は一言で言へば柔和。こころの肌理《きめ》がこまかい。絹の肌ざはり。しかし、傷つきやすい。外に出なかった。夏の特別集会にも出席したのは受洗の時など数回で、ほとんど欠席した。周囲のちょっとした言葉や仕草で傷つく。外に出ることをさけて、身内に肌理こまやかな愛情をそゝいだ。

特別養護老人ホーム

母キヨコは八十六才で特別養護老人ホームに入居した。しばらくは家に帰りたいとしきりに言ったが、そのうちにやさしい看護婦さんを喜び施設を楽しい自分の居場所とした。きれい好き、優しい、上品などと誉められた。娘たちが行くと「いっしょに食べよう」とか、「泊まって行きない」、「もう帰ってい丶に」などと言ふやうになった。

母は畑の草取りをよくした。草取りをしながら、作物の成長を楽しんだ。作物と同じやうに子たち、孫たち、ひ孫たちの成長を楽しんだ。聖書の言葉を神さまから受けて、人に知られることなく、その長い年月を過ごした。口ではなく、柔和な笑顔で神さまの恵み、受けてゐる祝福をあらはした。イエスはこ丶ろの貧しい人に愛を注ぎ、慰める。柔和な人を喜ぶ。そのやうな人はイエスの招きを受けて、み前の幸にあづかる。母キヨコはそのさいはひを知った一人で、生涯を通してそのことを証した。九十七才でその生涯を閉ぢた。

袴田家の家風と祖父喜市

祖父喜市は小柄で働き者、晩年まで働き通した。三男の重栄（小枝子の叔父）を戦死（太平洋戦争　二十二才）でなくし、弟の五郎（小枝子の大叔父）も同じく戦死した（二十九才）。養蚕や稲作で大家族（六男三女）を養った。

久兵衛さんが袴田宅で聖書のお話をする時、祖父はその部屋の外、廊下に座布団を敷いて話を聞いた。

「仏教徒の自分が同席すると集会の雰囲気を汚す」

久兵衛さんは廊下の祖父に声がとどくやうにと大声で話した。本人は篤信の仏教徒であったが、長男睦雄の葬儀を長上村ではじめてキリスト教でするのを認めた。結婚後ヤスが小枝子と帰省すると、かならず時間をとってヤスをもてなした。時候の挨拶、稲作の良しあし、その他もろもろ。

「近所と話をする時かう言ふ、『私はかう思ふ。貴方はどう思ひますか』

さうすると、話が進む」

なるほど！　とヤスは思った。ある時ごく穏やかな口調で言はれた。

「機会があったら、私もクリスチャンになった」

三　語りつゞける信仰の仲間

小川久兵衛さん（一九〇〇〜一九八〇年）

出あひ

はじめてお目にかゝったのは一九六四年七月ごろである。当時ヤスは千葉の検見川寮から東京の田無寮に移り、あちらこちらの教会巡りをしてゐた。友人のゐる三鷹バプテスト教会の日曜礼拝に出ての帰り、田無駅前でバスを降り駅前の小道をブラブラ歩いた。道脇の電柱に看板「キリスト教集会所摂理館」が立てかけてある。のぞいて見るとどうも中に人が居る。学生身分の気安さ、

「こんにちは！　入ってい丶ですか？」

と、中に入った。ことの始まり、小川久兵衛さんに出会った。

キリスト教集会所摂理館

集会所は十五名前後でほゞ満席となる小さなものであったが、不思議な良いもので満ちてゐた。日曜日の昼過ぎ久兵衛さんが旧約の士師記、ルツ記、サムエル記あたりを毎週連続で話した。毎回手書きのメモを作って、会計士、税理士、銀行員、公務員、看護婦、事務員、お手伝ひ、主婦、老人、学生と雑多な群れに分かりやすく話した。むづかしい話はしなかった。

サウロ王を避けて、アドラムのほら穴に逃れたダビデのまはりに彼の身内やしえたげられている人々、負債のある人々、こ丶ろに不満のある人々が集まってきて、彼はそれらの人々の長となった。

久兵衛さんのお話でその情景が目に浮かび、みんながダビデといっしょにアドラムのほら穴に居るやうな気がした。

（サムエル記上22章）

オリンピックと集会

東京オリンピック（一九六四年）が閉会した直後のお集まりでのこと。礼拝後の昼食時、前日放映された閉会式での各国選手団の解放感にあふれた喜びの情景をみんなで喜び、楽しんだ。その時ヤスが異をとなへた。

「オリンピックは聖火採火式など偶像礼拝で、集会でオリンピックを喜ぶのはどうかと思ふ」

久兵衛さんがおだやかに言った。

「ピリピ人への手紙に『すべて純真なこと、すべて愛すべきこと、称賛にあたひすべきものがあれば、それらをこゝろにとめなさい』とあります」入信のきっかけが聖書の言葉であったこともあり、若い時のヤスは堅苦しかった。聖書の言葉「気をつけて偶像を避けなさい」で自分を縛ってゐた。久兵衛さんは時間をかけて、それをほどいてくれた。

この二年後にヤスは久兵衛さん宅にゐた袴田小枝子と結婚する。彼女から久兵衛さんの日常生活を聞くことでも教へられた。久兵衛さんたちはそろって時どき映画館へ行き、映画（「サウンド オブ ミュージック」や「ベン ハー」など）を楽しまれた。また夏の特別集会の後に同信の兄姉たちといっしょに大阪万博に行った。教条主義的なヤスを温和な歩みに導いた。

集会の規律

田無のお集まりには特別な規約や制度・組織がなく、職業、政治信条、経済力の違ひなどに関係なくキリストの恵みと喜びが集会を満たしてゐた。しかし集会に規律がないといふことではない。久兵衛さんたち戦時中「宮城遥拝《きゅうじょう》」について激しい議論を闘《たたか》はした。久兵衛さんを知るのに欠かせない。

久兵衛さんは一九二六年（大正十五年）早春盛岡を出て、東京成宗で開拓自給伝道をはじめた。一九三二年には角筈に聖書講堂がたてられた（東京集会）。太平洋戦争の頃から日本では思想統制が強化され、国民に宮城遥拝（皇居にむっての拝礼）を強制した。学校や職場での遥拝である。それに協力しない者は非国民と呼ばれた。クリスチャンは外国のスパイと疑はれ、警察に呼びだされ尋問された。

「天皇とキリストと、どちらが偉い？　言ってみろ」

平和ぼけした今の人には想像できないが、戦時中に非国民と言はれることは針のむしろに座らされるやうで、耐へ難いことであった。集会がこれにどう対処するかが問題になった。

①遥拝は偶像礼拝だから、信徒は参加すべきでない。集会が声明を出すべきだ。
②遥拝は個人の問題であり、集会が声明を出すべきでない。

この二つの考へがあり、激しい議論となった。久兵衛さんは後者の考へであった。結局久兵衛さんたちの考へが支持され、集会は声明を出さなかった。しかし遥拝は偶像礼拝であり、集会で声明を出すべきだとの強い意見もあり、このことで集会を離れた信徒も複数居た。

戦後このことがふたたび問題となり、あらためて議論された。結論は「集会は声明を出すべきであった。遥拝は偶像礼拝であり、信徒は遥拝すべきでなかった」となった。しかし、久兵衛さんは戦後も考へを変へなかった。講堂の焼失や戦後の混乱もあって東京を離れ、浜松に移り住んだ。戦後十五年たってふたゝび上京し、独立伝道者として立った。小さな集会所（キリスト教集会所摂理館　田無）を建て、み言葉のご用に仕へた。そこで宮城遥拝問題の総括をした。一九六三年夏のことである（小川久兵

衛 御言の証し第三号 信頼舎)。

「仲間の中には何にでも強い人もあるし、思想も神経もかぼそい人もある。
いつの時代でもキリスト信仰を告白するのほかは
集まりの人たちに何かを負わせない」

これが久兵衛さんのお考へであった。

私設宗教裁判官

聖書の言葉に「人をさばくな。自分が裁かれないためである(マタイ7章)」とある。しかし人は他人を裁き、批判することを好む。宗教の世界では特にさうである。中世ヨーロッパでは宗教裁判官がゐてさかんに魔女狩りをした。ガリレオやルッターを宗教裁判にかけた。今は多くの国で信教の自由が認められ、変な宗教裁判はなくなった。それでも人が人を裁く本能は健在で、私設宗教裁判官とでも言ふべき人がゐて、熱心に活動する。聖書を用ゐて人を裁く。「遥拝は偶像礼拝です。あなたは偶像礼拝をしました」とか、「水商売は駄目です。そんな人は教会に来てはいけません」、「世俗のコンサートや映画に行く人はクリスチャンでありません」などと人を裁く。久兵衛さんが不快に思ひ賛同できなかったのは、そのやうな僕たちみんなが持つ「人を裁く精神」です。

キリスト教会は人を裁くところではない。すべての人が罪びとだ。そのすべての罪がキリストの十字架で赦される！……そんなことありえない。しかし、そのありえないことがイエスによってなされた。イエスの十字架によるキリストの福音！　そのイエス・キリストを信じる（信じた）者たちが集ふ所、これがキリスト教会（集会、お集まり）。罪赦された者たちがともに集ひ、イエスをたゝえへ、父神をあがめる。

しかし、このことが有事の際はなほざりにされる。パリサイ人に限らずキリスト教に熱心な人が私設宗教裁判官になる。よいことと勘違ひして人を裁く。

久兵衛語録

久兵衛さんは折にふれて記憶に残る言葉を語られた。そのいくつかを挙げてみる。

〈ロイスも身体は病んでも、こゝろまで病んではいけない〉

田無摂理館でのことである。久兵衛さんの三女ロイスさん、乳がんが再発した。集会のみんなが憂慮してゐた。久兵衛さんが集会で語られた。

「ロイスも身体は病んでも、こゝろまで病んではいけない」

お話を聞きながら、ヤスは何故だか腹が立ち、顔を伏せた。その横をロイスさんがハンカチで涙をぬぐひながら通り過ぎた。

〈ふたりの上に祝福あれ！
ふたりの間を裂くものは呪はれよ！〉

ヤスと小枝子が結婚することになり、乳ガン再発で治療中のロイスさんが母親代りとなって小枝子を田無から東海村に送り出してくれた。一九六六年十一月三日、久兵

衛さん司式で御茶ノ水のＹＷＣＡ会館で式を挙げた。その式辞の最後は、

「主イエスの名によって宣言する。

ふたりの上に祝福あれ！

ふたりの間を裂くものは呪はれよ！」

久兵衛さんの宣言には迫力があり、言葉が生きてゐた。式の直後ロイスさんは緊急入院し、その半年後に召された。享年三十九才。（一九二九〜一九六七年）

〈沈黙１〉


久兵衛さんは折にかなった言葉で聞く者を慰め、励ましたが、時に沈黙を守った。

一九七〇年ごろの夏の特別集会でのことである。大阪のある老兄弟が立って、久兵衛さんの戦時中の遥拝問題に対する態度を取りあげ、激しい口調で面罵した。

「小川兄、あなたは戦時中とすこしも変はってゐない。反省することはないのか！」

彼が語り終へた時ヤスたちは久兵衛さんからの反論か、弁明があるものと思ひ、それを待った。しかし、久兵衛さんは一言も答へなかった。黙って座してゐた。

昼食の後午後のお集まりが開かれた。久兵衛さんがみ言葉のご用に立ち、旧約聖書レビ記を読み、語られた。そのお話はキリストの恵みと力に満ち、聞く者みんなが感謝と喜びに満たされた。久兵衛さんの午前の沈黙と午後のご用、その鮮やかな対比はこの世のものと思はれなかった。さう、数ひ主イエスは底知れぬ所にくだり、また天の高きにのぼられた（ロマ10章）。そのみ足の跡をたどる働き人がそこにゐた。

〈沈黙2〉

一九七〇年当時礼拝で女性が頭にかぶりものをする集会としない集会があった。それが夏の集会で問題になり、議論となった。久兵衛さんにその解決をと願った。しかし、久兵衛さんは沈黙を守った。久兵衛さんが何かひとこと言へば、議論は収まるのにと思ったが、口を開かなかった。

〈わかりません〉

田無摂理館で、日曜午後「パウロと同船して アイアンサイド」を輪読していた。ある兄弟が質問した。

「創世記六章には『主は地上に人を造ったのを悔いて』とあります。民数記二三章には『神は人の子のやうに悔いることもない』とあります。矛盾していて、理解できません」

この質問に久兵衛さんは答へた。

「私もわかりません」

別の時にはこの本のある箇所で、

「この兄弟（アイアンサイド）のこのところ、私にはわかりません」と言はれたこともある。

ほかにも、

〈**聖霊に満ちたとは親しみやすいこと**〉

とか、

〈**私たちには二つの国籍がある。天の国籍と日本国籍**〉

などがある。雑談の中でおだやかに話された。折にふれてこれらの言葉がよみがへり、忘れがたい。

久兵衛さんは常識ある市井《しせい》の人として静かで目立たない晩年を過ごした。しかし、その生涯は多彩で、波乱万丈であった。

・旧家の長男でありながら家出し、キリスト伝道に専念

・キリスト伝道者平野榮太郎兄との出会ひ（救世軍を脱退し宗派を離れキリストに仕へた）

・子沢山（七男四女）で、定収入の無い独立伝道者

・長子が生まれながらの障害児で、長年家族でその介護

・戦中・戦後の混乱（宮城遥拝をきっかけに親しい友たちとの別れ）
・妻キクさまを一九五七年、その十年後三女ロイスさまを父神のもとにおくる
・礼拝中の脳梗塞発作とそこからの回復、再起（一九六九年）
・高齢でのブラジル伝道旅行（一九七四年）

などがある。その生涯を通して神の教会の働き人としてキリストに仕へ、ご用をはたした。ヤスと小枝子はその晩年十五年余りさいはひな導きを受け、また親しい信徒の交はりをいただいた。

彼は死んだが、信仰によって今もなほ語ってゐる。

（ヘブル書11章）

田中光春さん（一九四三〜二〇一七年）

一九七七、七八年ごろ、有馬平吉さんや佐々木英三郎さんを通して光春さんに出会った。光春さんは中学生の時交通事故に遭ひ、それがきっかけでキリストの福音に導かれた。その後もさらに不思議な導きを受け、福音伝道の道に進まれた。

加賀百万石の金沢

光春さんは石川県加賀の金沢出身で、ヤスは高知県土佐の野市の出。江戸時代加賀に千代女といふ俳人が居た。

朝顔に　つるべ取られて　もらひ水

（加賀千代女）

この句は今も酷暑になると人々のなぐさめとなる。光春さんも歌ごゝろがあり、句集などを何冊か出版された。また金沢出身の松井秀喜選手（プロ野球巨人軍やヤンキースで活躍。国民栄誉賞を受賞）の熱狂的なファンであった。その松井選手（星陵高）を夏の甲子園で五打席連続の敬遠をし、顰蹙《ひんしゅく》を買ったのが土佐の明徳義塾高。文雅の国金沢と遠流《おんる》の国土佐は国柄が違ふ。金沢の常識が高知では通用しない。非常識となる。その逆もある。食べ物、飲み物調度品に繊細な感覚をもつ光春さん、反対にそれらに無関心、鈍感なヤス。聖書の読み方でも神学校で学んだ光春さんと素人読み一筋のヤスでは一致しないところがある。それでもどこか気のあふところがあり、楽しい交はりができた。

献　身

ご自分の献身について話したことがある。中学生の時の交通事故の後、キリストの福音に触れ「このイエスさまの救ひ、このイエスさまの愛を人々に伝へる働きをしたい」と願ひをおこした。ある時神さまの前に「これから神さま、あなたの下に従ってまいります」と決心した。しかし、具体的に何をしてよいかわからない。ある集会で小島《おじま》伊助《いすけ》先生（関西聖書神学校）の感銘深いお話を聞いた。先生のお話が終はった後、聞きにいった。

「先生、これから私は何をしたらよいですか」

すると、先生は一つの祈りを教へてくれた。

「『どうか神さま、煮るなり、焼くなり、刺身にするなりして、私を好きなやうにしてください』……このやうに祈りなさい」

「さうか、煮る、焼く、その他に刺身もあるのか！　あらゆる選択肢を神さまに任せなさい、といふことです」

光春さんは若き日にこの祈りをし、その通りの生涯を送った。ヤスたちは長い間その実際の生きざまを目にした。

シランとベニヤ板村

知りあったはじめの頃光春さんは歩きながら道ばたに咲いた花を指さして言った。

「兄弟、この花知ってる？」

「うーん、何て言ふの」

「なに、シランの！

シランと言ふんだよ。シラン。

こんなことシランかった！」

ニコニコ笑ひながら嬉しさうに草木にうといヤスに教へてくれた。他にもたくさん教へてくれた。そのほとんどを忘れたが、このシランだけが光春さんのうれしさうな笑顔とともに残った。

集会でも駄洒落がでる。「マリヤのささげもの」の時、……ベタニヤといふ言葉には「悩む者の家」とか「貧しい者の家」とか、あるいは「青い果実の家」といふ意味がある。エルサレムから三㎞ぐらゐの所、ベタニヤ村は今の時代なら、さしづめベニヤ板で建てた家があった所のやうです（会場笑ひ）。マリヤはそこに住んでゐた。事態は目の前に十字架がせまった過越しの六日前です。……。

思ひがけないやうなところで駄洒落をまじへてみ言葉の解き明かしをする。緊張して固くなる人のこゝろを笑ひでほぐし、み言葉をおだやかなこゝろで受取るやうに導く。「聖霊に満ちたとは、親しみやすいこと」は久兵衛さんの言葉だが、その見本のやうな信仰の兄弟だった。

東北大震災直後の交はり

東北大震災の一カ月後、東海村の我が家に来た。股関節の不具合や内臓出血を止めるための食事療法中を押して、埼玉日高市からやってきた。震災直後の停電（三日間）や断水（八日間）は回復していたが、道路はあちらこちらが陥没・隆起して通行遮断中だった。栗下澄子さんを乗せて、新車を運転してそのまゝ缶入り病人食を数種持参で一泊した。

コーヒーを飲むといふので、ヤス流で淹れた。すると、さっそくその場で美味しいコーヒーの淹れ方についての注意・講習があり、またいろんな銘柄の味・香りの違ひについても講釈が続いた。翌日小枝子の車で震災直後の東海村近辺や、日立の海岸を見て回った。そこゝの屋根瓦が剥がれ落ち、青いシートで覆われてゐた。杖をつきつゝ、ヨロヨロと誰の助けも借りないで海岸の見晴台に登る。弱みを見せない。震災後の有様や大海原を前にして何かを話す。栗下さんを連れて行った日本海や金沢のことなども。

その日の午後には風の吹き去るごとく、栗下さんを乗せて日高市へと帰って行った。高齢の栗下さん（九十才前）と光春さん（七十才前）のコンビは天の配材、さいはひな組み合はせであった。

光春さんは結婚をしないで、生涯を福音宣教にさゝげられた。人工透析を三十年以上受けながら、集会のご用、み言葉のご用に仕へた。その光春さんを秋川集会の兄姉が長い間、生涯の最後まで支へ続けた。

小川あい子さん（一九三〇～二〇一七年）

あい子さんとご主人愛児さんのご両親は久兵衛さんキクさんで、皆さま福音のためには労苦を惜しまぬ方たちだった。ヤスはあい子さんと特別親しい交はりがあったのではない。春や夏の特別集会でお目にかゝる程度である。それでも五十年以上のさいはひな信徒の交はりをもった。ヤスがはじめて夏の特別集会に参加したのは一九六五年（東京御岳　山楽荘、三泊四日）で、その時からあい子さんは何かと言葉をかけてくれた。何のつながりもなく、はじめて集会に参加した者は落ち着かない。集会中はお話に集中していればいゝ。自由時間が困る。社交的でない者は時間をもてあます。そのやうな時あい子さんがさりげなく近寄り、言葉をかける。

「よく来てくださいました。

どちらからいらしたのですか？」

その後三十年ほどたってヤスが集会で立って話すやうになっても、ほとんどかならず何かと言葉をかけてくださる。

「兄弟のお話、よくわかりました。

ありがとうございます！

お話しくださったみ言葉、昔わたしも暗記しました。

言ってみますね。

悪しき者のはかりごとに歩まず、……」

と、詩篇第一篇を諳《そら》んずる。そのやうにして常に集会で若い者を励まし、気遣ひをなさった。

袴田睦雄の結婚仲立ち

二〇〇七年秋、浜松市野の袴田宅で四十二年前に召された父袴田睦雄の記念会があった。その時のあい子さんのお話。

……ある日突然に私の勤め先の薬局に睦雄さまがお見えになりました。

昭和二十九年暮れか、三十年一月ころのことです。

「ちょっと外で食べませんか」

それで近くのお蕎麦屋さんに入りました。

「だれか付きあってる人ゐますか？」

「いえ、別にゐません」

「それでは、……彼は教員をしてゐる。クリスチャンだ。

両親もクリスチャン。……」

睦雄さまは小川の名前を言はないのです。教員してゐてクリスチャン、さうすると小川（愛児）かなと思ひました。これが私たちのその後の始まりとなりました。……。

袴田知子：その話、父から聞きました。久兵衛先生が父に、「ぜひ、あい子さんを家の長男に」と言ってゐたやうです。久兵衛先生があい子さまに惚れこんだみたいですよ。（会場大笑ひ）

二〇一一年春、近況報告で

自転車でどこまでも行ってます。片道三〇分ぐらゐの所（羽仁もと子の友の会）へ月一回以上出かけてゐます。八十才になると老いを自覚します。

ヤス：自転車で転ぶとか、さういふことはございませんか？

そゝっかしいものだから、小さい頃から転んでゐました。時どきは失敗があります。救急車で二回運ばれました。（聴衆仰天）金婚式の一カ月前のことですが、私が自転車で、相手が車でした。後で聞きましたが、はねられた時私がバンパーの上に乗ってしまひ、それから下に落ちました。自転車は処分するのに三千円かゝりますと言はれましたが、人間のほうはおかげさまで救急車で運ばれましたけれども、そのまゝ家に帰されました。

帰ってきて、自分で布団を敷いて休みました。（聴衆驚愕と安堵）

二〇一四年夏、讃美歌について

私の思ひ出の一つは共通讃美歌です。最初の子悦子を生む時、産気づいて日曜日の朝タクシーで国立病院に行きました。家では教会学校を久兵衛先生がしてゐました。その讃美歌を聞きながら出かけました。分娩室に入る前看護婦さんが消毒とかをしてくださってる時に、その讃美歌を口ずさんでゐました。「どうしました？」と、びっくりした看護婦さんに言はれてしまひました。あわてゝ口で歌ふのをやめて、こゝろの中で讃美歌を続けて歌ひました。そのまゝ部屋に入りました。お産がわりに軽くすみました。そんな妙な思ひ出です。すみません。

光春：お産美歌ですね。（会場大笑ひ）

エホバ　エレ

あい子さんがいつも語られた言葉がある、「エホバ　エレ」。

（創世記二十二章十二節）

主の山に　備《そな》へあり

この言葉である。アブラハムがモリヤの山でその子イサクを燔祭《はんさい》（焼きつくすいけにへ）として捧げやうとした時、すでに捧げものが備へられてあった。「エホバ　エレ」は文語訳で、口語訳では「アドナイ　エレ」となってゐる。あい子さんは近況報告でよく言はれた。

「私は何の準備もしなかったのに、
この度もすべてが自然に備へられ、
こゝに来ることができました。……」

このことを集会だけではない。日常生活あらゆることに言はれた。

「私が何もしない前からすべてが前もって備へられ、整へられてをりました」

集会での積極的な語りかけも、びっくりするやうなたくさんのお話も、前もって自分で準備してなされたのではない。その場にゐる見えない方にうながされてのことらしい。そこに何の作為《さくい》もなく、ごく自然に話された。

ご主人愛児さんを送られての十年

浜松集会は小石静三さん（一九〇一～一九八九年）の召された後、小川愛児さん（一九二六～二〇〇八年）宅でお集まりをした。愛児さんが二〇〇八年に召された後も、続けてそこでお集まりをした。ヤスや小枝子も何度か出席した。あい子さんは一人住まひの自宅をほゞ十年集会場として使はせてくれた。

このこともあい子さんは、

「すべてが前もって備へられてゐたことで、

私は何もしてをりません」

と、言はれるかもしれない。それは違ふ。そこにはやはり会場管理者としての種々のご用があった筈である。しかしいつ伺っても、喜びと感謝の笑顔で迎へてくれた。あい子さんには前もって備へられたことが大事で、それに付随して自分がする労苦は何も問題にならなかった。こんな人は珍しい。前もって備へられた主イエスの恵みをたくさん受けて、それを喜んで十分に生かしたあい子さんだった。

京都の兄弟・姉妹たち

はじめての訪問と女性のかぶりもの

京都集会を初めて訪ねたのは一九九七年年末であった。当時各地の集会で女性のかぶりものについて意見の相違があった。夏の集まりで福富幸雄さんが「礼拝では女性は頭にかぶりものをするべきだ」とうったへた。ヤスは違ふ考へをもってゐた。その年の暮れヤスは単身京都集会を訪ね、自分の考へを述べた（註）。この種の議論は有害無益な言葉の争ひになりやすい。しかし、この時兄姉方からは反対はなかった。幸雄さんはおだやかに言はれた。

「夏のお集まりでお話したことは、私がこの集会で学んできたこと、受けた啓示です」

面倒な議論にならなかった。この訪問が起点となって、その後ながく京都集会との交はりが続いた。

註：池添康正　自然科学と聖書の言葉　１３５ページ、いのちの言葉社、二〇〇三年

竹内房子さん（一九二五〜二〇一六年）

一九九九年夏小枝子といっしょに京都集会の礼拝に参加した。ふつう他所の集会に

出る時には聖書のメッセージか、あるいはせめて手土産を持参する。ヤスは何も持たず、手ぶらで、予告もなしで出席した。いつものことである。礼拝の後房子さんが言った。

「兄弟、けふの午後何か予定がありますか？」

「予定はありません。

午後京都見物をして、明朝高知に帰ります」

「それなら、私たち閑な者が京都案内をします。

お昼の後、午後三時ごろにこゝにまた集まりませう」

暑いさなか、房子さんたち三人の姉妹が観光案内してくれた。大型タクシー一台に五人が乗りこんで、まづ苔寺に行った。木陰でお茶菓子をいたゞき涼のひと時をもつ。次は金閣寺。緑濃い樹木に囲まれて光り輝く金閣寺は素晴らしかった。三人の姉妹と共に盛夏の京都を堪能した。後で知ったことだが、房子さんは当時家庭でつらい出来事が続いてゐた。その気配をすこしも見せずに、笑顔でヤスたちをもてなした。

福冨幸雄さん（一九二四〜二〇〇八年）
好子さん（一九三四〜二〇一五年）

一九七〇年ごろのこと、佐々木英三郎さんがはじめて京都に行き、み言葉のご用に当たった。その日福冨さん宅に泊まった。当時幸雄さんは十名近くの従業員を使って建物塗装業を営んでゐた。集会のあと業界の用事で外出。奥さま好子さんは家事、家業の掛け持ちで、猫の手も借りたいほどの忙しさ。お客さまの英三郎さんは客間でするることがない。好子さんが声をかけた。

「兄弟！　子供たちをお風呂に入れてくれはります？」

英三郎さんはよろこんで立ち上がり、三人の腕白ざかりの子供たちを風呂に入れた。このことがあって三十年後、英三郎さん昔をなつかしんで言はれた。

「信者の交はりはこれだ！　と、好子姉妹に教へていたゞいた」

幸雄さんは晩年糖尿病を病み、集会に車椅子で出席した。細身の好子さんがかなりの距離（～八百m、途中ゆるやかな坂もある）を自宅から集会場まで体格のよい幸雄さんを車椅子に乗せてである。それをお二人も他の兄姉方も当たり前のこととして集まりをしてゐた。

松添一巳《かずみ》さん（一九二六～二〇一四年）
久実子さん（一九二九～二〇〇六年）

ラーメン

一九七〇年ごろ、京都集会は十数名の兄姉方で、小さな集会場はほゞ満席であった。ヤスが予告なしで参加すると、その帰りはたいてい一巳さんと二人で大衆食堂のラーメンを食べた。

「こゝのラーメン、ボリュームがあって美味しいですね」

「うん、野菜が多くていゝ」

食べ終はると、一巳さんは自転車でご自宅へ、ヤスは二条駅から東海村への帰路につく。

ご主人が留守

ある日曜日集会に参加すると、一巳さんは伝道に行かれたか何かで、不在だった。礼拝の後そのまゝ東海村に帰らうとした。すると久実子さんが言はれる。

「兄弟、それは駄目です。けふは我が家で食事をしてください」

「いや、そんなこと大変です。帰ります」

「このまゝ帰したら、主人に叱られます」
押し問答の末、結局バスに乗ってお宅まで伺ひ、お昼をご馳走になった。

楽しい話

一已さんには楽しい話がある。その昔久兵衛さんが独身時代の一已さんを訪ねた。

「……その部屋の天井には張り紙があり、讃美歌が大書されてゐた。

父よ　み名をほめん　めぐみ知れば
義にありてあふぎ　よろこび呼ばふ
我らうたがひなく　父を頼む
こゝろをたまはり　楽しきかな

……

（特集讃美歌八十三番）

兄弟は朝に晩にこの八十三番を歌ってゐた。……」

久兵衛さんが集会で楽しさうに話された。

休憩時間にヤスが話しかけた。

「八十三番、兄弟の特愛の讃美歌なんですね」

「うん、この『義にありてあふぎ、よろこび呼ばふ』にどこの教会でも聞いたことのない天上の調べ、またどの聖書注解書でも読んだことのない甘美な知らせを聞いた。……」

一已さんは福音伝道を第一にする集会の働き人であったが、生活のために小さな学習塾を開き、生徒を教へた。家族への情愛が濃かった。久実子さんも集会のご用を大事にされ、また一徹なご主人にニコニコ笑ひながら仕へた。

勝山登さん（一九五二〜二〇一七年）
久美子さん（一九五九〜二〇一一年）

登さんは処世が不得手だった。何度か転職したが、長続きしなかった。五十才代の若さで心身に不調を覚え、世の仕事から身を引いた。ヤスはその頃から彼と交はった。彼はいつも上なる方に目を注ぎ、不思議なくらゐ生きいきとしていた。日曜日には滋賀県栗東市から京都二条城わきの京都集会に出席した。お集まりでは声高らかに讃美を歌ひ、聖書を開き、み言葉を読む。登さんが見えた時は、近所のコンビニでお寿司やサンドイッチを買ってきて、皆で楽しいお昼となる。

親切なお隣さん

奥さま久美子さんが先に召された後、登さんはひとりで生活することが困難となり、福祉施設に入所した。登さんには不思議なところがあり、職場では周囲と馴染めなかったが、ご近所のお隣さん（仏教徒）には好かれた。施設への入所や転所、空き家となった家の管理など面倒な手続き、作業だが、それらすべてをお隣さんがした。ヤスは何もしなかった。

外なる人と内なる人

亡くなる前年有馬平吉さんや平野友信さんといっしょに施設を訪ねた。トイレに行くのにも職員の介助が必要だった。話は聞けても、自分からは話ができないほど身体が弱ってゐた。外なる人は衰へたが、内なる人はますます新しくされ、楽しい交はりができた。

ありがたう京の都の友たちよ
ともにたゝへん　主イエスのめぐみ

四　東日本大震災と聖書の言葉

大震災の日

二〇一一年三月十一日ヤスは隣町に入院中の友人を見舞ひに行ってゐた。自転車で四十五分ぐらゐの所。彼がリハビリ最中に震度六弱の巨大地震で、揺れがなかなか収まらない。鉄筋の建物がギシギシと不気味な音をたて、リハビリ機材やベッドがガタガタと揺れる。建物がつぶれたらそれで終はり。たがいに顔を見合はせ、きょろきょろするだけで何もできない。横になってゐた彼を抱き起し、車椅子に座らせ様子をうかゞふ。揺れが収まった所で、

「奥さまには無事だと、伝へるからね」

と言って、帰路につく。途中道路が陥没隆起してゐて、時どき余震がある。車はノロノロ運転をし、一時停車する。自転車は問題なく走れる。あちらこちらで大谷岩の塀が倒壊し、屋根瓦も一部崩落してゐる。停電で信号機も点灯しない。

自宅では小枝子が孫を抱いて広場に避難してゐた。家の中ではテレビが転倒し、本も本棚から落下してさま変り。それでも屋根や外壁はほとんど無傷だった。その日から自宅で寝泊りできた。余震があり、近所では夜間車の中や避難所に避難した人もゐた。その後の停電（二日）、断水（八日）には困った。テレビ、ラジオ、電話、携帯電話がダウン、新聞も来ない。何がどうなってるか、ぜんぜんわからない。ご飯が炊けない、トイレに水が出ない。夜間は懐中電灯とローソク。暖房がないと、お布団を重ねても夜は寒くて眠れない。三日目には電気が来て、暖房が働くやうになった。断水は八日間続き、その間は給水車とお隣りの井戸でしのぐ。

岩手県盛岡に四女横田のぞみの家族がゐる。盛岡は内陸だが、そのご両親は海岸の山田町に居る。お母さんが買ひ物で外出中に地震に遭遇、急いで帰った。その後に津波が来た。町の大半は津波で流されたが、実家は津波の来ない山手に建ってゐた。高齢のお祖母さんが入院していた山田病院は津波で一階が水没。患者は屋上に避難した。寒い屋上で一夜を過ごし、翌日ヘリコプターで宮古病院に移る。そこにはその後にも患者が押しよせて、お祖母さんはさらに北の二戸病院へと運ばれた。一月後に山田町の自宅へ孫暁史（のぞみの夫）の車で退院できた。

東海村の原子力発電所

東海村の原子力発電所は東京に一番近い。東京からほゞ百㎞。親友の藤田忠さんがかつて勤めてゐた発電所だ。巨大地震の後も何も問題がない。

「さすが原電だ。原子炉を緊急停止（スクラム）した。

藤田さんの後輩たち、よくやった！」

ヤスは何の不安も感じなかった。東海原電（震度六弱）も福島原電（震度六強）も地震に対しては同じやうに原子炉を緊急停止できた。それで問題ない、ヤスはさう思っていた。ところが後でよく聞くと、実際は危なかった。地震の後に両原子炉とも常用電源が停電となった。東海原電ではすぐに非常用電源を立ち上げて、炉心冷却水を送り続けて原子炉を冷温停止できた。福島原電は冷温停止ができなかった。

福島原電は地震の四十分後津波が襲来して、①非常用電源と炉心冷却ポンプが駄目になり、原子炉冷却系が働かなくなった。続いて、②崩壊熱によって炉心が高温化し、さらに③高温炉心が水蒸気と化学反応（発熱）し、炉心の高温化が加速する。④炉心が高温で溶融する。⑤高温の原子炉金属と水蒸気の化学反応で水素が発生する。

さらに⑥その発生した水素が爆発し、⑦原子炉建屋の屋根を吹き飛ばす。⑧放射性物質が飛散し、⑨周囲広範囲を放射能汚染した。①〜⑨が連鎖的に進行し、世界的にも最悪の原子力事故となった。

東海原電では津波が来ても、非常用電源と原子炉冷却システムが作動したが、これには経緯《いきさつ》がある。大震災の数年前に茨城県庁の原子力安全担当が、

「茨城県でも四メートル級の大津波が来たことがある。その対策をすべきである」

と原電に警告、指示をした。原電は津波対策の施設改修工事を大っぴらにはできなかった。原子力安全神話に悪影響が出ることを恐れた。工事の名前を変えてした。その津波対策の工事を津波の前年から始め、六メートルの津波が来ても非常用電源も冷却水ポンプも働くやうにした。津波が来た時三台のポンプの中二台の工事が済み、一台が工事中だった。原電に来た津波は五メートルほどであった。この津波対策が東海村を救ひ、東京をパニックから救った。この津波対策に関はった関係者、茨城県庁と

東海原電の職員の名前はマスコミには出ない。その方々に心からの感謝をささげる。

天災・人災とイエス

丁度その時ある人々が来て、ピラトがガリラヤ人たちの血を流し、それを彼らの犠牲の血に混ぜたことをイエスに知らせた。そこでイエスは答えて言われた。「それらのガリラヤ人がそのやうな災難にあったからといって、他のすべてのガリラヤ人以上に罪が深かったと思うのか。あなたがたに言うが、そうではない。あなたがたも悔改めなければ、みな同じように滅びるであろう。またシロアムの塔が倒れたためにおし殺されたあの十八人はエルサレムの他の全住民以上に罪の負債があったと思うか。あなたがたに言うが、そうではない。あなたがたも悔改めなければ、みな同じように滅びるであろう」

（口語訳　ルカ福音書13章1〜5節）

天災や人災はいつの時代にもある。イエスの時代にもあった。ローマの総督ピラトがガリラヤ人を殺し、流れた血で神殿に捧げる犠牲を汚した。シロアムの塔が倒れて、十八人もその下敷きになって死んだ。そこで人々はイエスに訊いた。この死んだ人たちにはどんな罪・咎があったのか。この問ひに対してイエスは直接に答へなかった。「あなたがたも悔改めなければ、みな同じやうに滅びる」と答へた。これはどういふことか。

ふつう日本語の「悔改め」は、「罪を後悔し、自分の行ひを改める」の意味である。こゝの「悔改めなければ、……」はその意味でない。別のはっきりした具体的な意味がある。間違へてはいけない。「回心して福音を信じなければ」といふ意味である。

このことは次のイエスの言葉ではっきりする。

イエスはガリラヤに行き、神の福音を宣べ伝えて言われた。
「時は満ちた、神の国は近づいた。
悔改めて福音を信ぜよ」
（口語訳マルコ福音書1章14、15節）

こゝで「イエスは神の福音を宣べ伝へた。この福音を信じなさい。福音を知らないで、滅びてはいけない」と言ってゐる。イエスの言ふ「悔改め」とは「心を変へて、福音を信じること」、言ひかへると「イエスを信じること」である。「こゝろを変へて福音を信じなければ、君たちもみな同じやうに滅びる」と答へたのである。「滅びがあるから、ごめんなさい（悔改め）をしなさい」ではない。ほとんどの人が読み違へてゐる。「滅びがあるから、悔改めよ！」と読んでゐる。さうではない。大事な点である。

天災・人災と福音

僕たちは東北大震災のやうな天災・人災があると、「政府の災害時の危機対応がなってない」とか、「東京電力の津波対策はどうなってる」を問題にする。そして、被災地復興のため国をあげて力をそゝぐ。当然である。それらはしなければならない喫緊の大事である。そこをおろそかにしてはいけない。僕たちがこの世で、日本で生きて行くためだ。

しかしそれ以上に大事なことがる。東日本大震災では多くの方が亡くなった。その大多数はおそらく神の愛を知ることなく死んでしまった。永遠のいのちに与《あずか》ることなく、滅んだ。だからイエスは言ふ、

「もし君たちも悔改めなければ、同じやうに滅びる」

言ひかへると、

「元気な君たちは今こゝろをいれ変へて福音を信じるやうに！　福音を信じなければ、君たちもあの十八人と同じやうに滅びる」

人は言ふかもしれない、

「シロアムの塔が倒れて十八人が死んだ。大震災では二万人もの人が死んでゐる。死んでしまへばそれで終はり。信仰なんか関係ない！」

それは違ふ！　父神が居る。神の愛がある。

「神の愛？　どうやってその愛を知る？」

聖書の言葉によって知る人もいる。しかしそんな人は稀《まれ》。僕たちの多くは文字によって神の愛（人生の秘密）を知るのは得意でない。言葉ではなく、人の繋がりで神の愛を知る、これがある。神の愛だけでない。永遠のいのちも同じ。親しい人との繋がりで「私を信じる者はけっして死なない」とは「あゝこのことだ！」とわかる。今の世にこんな素晴らしいことがあるのだと知って、父神をたたへる。

人が死ぬのは事実、この世の事実。しかし、人が死ぬのは震災だけではない。病気でとか、老衰でとかでも人は亡くなる。人はみんな死んでしまふ。しかし、死んで亡びるのは父神のこゝろではない！　神の愛がある！

親の愛を受けずに育った人はつらい一生をおくる。しかし、それ以上に悲惨なのは神の愛を知らずに生涯を過ごす人である。神の愛とは何か？　神はそのひとり子を賜ふほどに世を愛された、愛してゐる。ひとり子イエスを十字架に架けてまでして、世を、僕たちを愛してゐる。

キリストの十字架を信じ、その復活を信じる者たちがつどふ所、キリストの教会、神の教会が日本の各地にある。

「私を信じる者はけっして死なない。たとへ死んでも生きる」

「父は今も働いてをられる。私も働く」

これらのことがイエスの福音、神の福音を信じる者には実際の事実となる。

五　讃美歌

さいはひなるかな

一　さいはひなるかな　貧しき者よ
主イェスは我らを　祝《さきは》ひたまふ
我ら今すでに　主とともにあり
神の国をもつ　貧しかれども

二　さいはひなるかな　いま泣く我ら
我らは今すぐ　悲しみに代へ

楽しみよろこび　受くるものなり
み前のよろこび　み顔の笑みに

三　さいはひなるかな　穏やかな者
諍《いさか》ひの時に　あらそはずとも
神のみ恵みに　変はりはあらず
静かにゆたかに　われらにくだる

四　さいはひなるかな　飢《う》ゑかはく者
我ら今すでに　飽きたらふなり
十字架のキリスト　神の義と愛
ありあまる宝　われらに帰せり

五　さいはひなるかな　悲しむ人と
共に悲しみて　涙する者
我らの弱きを　よく知れる方
慰めのきみを　迎へあふがなん

六　さいはひなるかな　きよきこゝろの
目にするものこそ　またなき景色
我を見る者は　父神を見る
かく語りしイェス　その方を見る

七　さいはひなるかな　あらそふ人の
あひだをとりなし　やすきもたらす

イエスはみづから　生贄《いけにへ》となり
我らをみ神に　とりなしたまふ

八　さいはひなるかな　迫害の中
神の義まもりて　生きし人びと
おのが願ひ捨て　父に従ふ
イエス君のみ許　慰めゆたか

九　さいはひなるかな　主イエスのゆゑに
世の人われらを　あざ笑ふ時
よろこびわれらに　満ちきたるなり
我らの栄光《さかえ》を　世の人知らず

十

さいはひなるかな　小さき群よ
我ら今こゝに　　主の愛をうく
よろこびあふれて　ともにことほぐ
主イェスと我らは　とこしへひとつ

（マタイ福音書5章3～13節）

さいはひなるかな

池添康正 2005年　　佐々木成子 2005年

♪=120
さいはひなるかな　まづしきものよ
主イエスはわれらを　さきはひたまふ
われらいますでに　主とともにあり
かみのくにをもつ　まづしかれども

六　あとがき

先の世界大戦の後日本は平和国家として長い間平和な時を過ごしてきた。しかし、最近ロシヤ（プーチン大統領）のウクライナ侵略が始まり、また中国（習近平国家主席）と台湾の関係が、さらに韓国と北朝鮮の関係もきな臭くなった。ヤスは幼少期を中国北東部（旧満州）で過ごし、敗戦後に引揚げてきた。現在は年金生活者として介護保険や後期高齢者医療保険の恩恵を受ける身となった。

ヤスと小枝子には四人の娘が居て、それぞれに結婚して家を離れた。今は核家族の時代で親子のつながりは一昔前よりも疎遠である。子たち孫たちに何か語りたいと、老人の繰り言を綴った。

康正と小枝子　2020年8月

著者略歴

池添 康正 （いけぞえ　やすまさ）

1939年４月東京都で生まれ、幼児期を中国北東部（旧満州国）で過ごす。第二次世界大戦敗戦後、母親に連れられ高知県に引揚げる。私立土佐高校を卒業し、一年浪人の後東京大学理科一類に入学。1965年工学部修士課程を修了する。旧日本原子力研究所に就職、2000年３月定年退職し、その後は年金生活。

ことばが好き　子たち 孫たち　もっと好き

2024年３月１日　初版発行

著　　　者　池添 康正
発行・発売　株式会社 三省堂書店／創英社
〒101-0051 東京都千代田区神田神保町1-1
Tel：03-3291-2295　Fax：03-3292-7687
印刷・製本　信濃印刷株式会社

落丁、乱丁本はお取り替えいたします。
定価はカバーに表示してあります。
ISBN978-4-87923-238-0 C0095
©Yasumasa Ikezoe, 2024